이 환장할 봄날에

▪️ 이 환장할 봄날에

1판 1쇄 : 인쇄 2012년 11월 5일
1판 1쇄 : 발행 2012년 11월 8일

지은이 : 신점식
펴낸이 : 서동영
펴낸곳 : 서영출판사

출판등록 : 2010년 11월 26일(제25100-2010-000011호)
주소 : 인천광역시 계양구 효성동 200-1 현대 404-103
전화 : 02-338-7270 팩스 : 02-338-7161
이메일 : sdy5608@hanmail.net

사   진 : 오경택
디자인 : 이원경

ⓒ2012신점식 seo young printed in incheon korea
ISBN 978-89-97180-19-6 04810
ISBN 978-89-97180-00-4(set)

일원화 공급처_(주)북새통
주소 : 서울 마포구 서교동 464-59 서강빌딩 6층
전화 : 02-338-0117(대표), 팩스 : 02-338-7160
이메일 : info@booksetong.com

이 환장할 봄날에

2012 · 서영

신점식 시인의 시집 출간을 축하하며

　해송 신점식 시인은 성공한 사업가 중 한 사람이다.
　신영건설(주) 대표이사로서, 자기 전공과 자기 사업에 최선을 다하고 이를 성실과 책임감으로 마무리를 지으며 신뢰성 가득한 반평생을 보내왔다.
　어느 날, 그는 친구를 따라 한실 문예창작을 찾게 되었고 이후 한실 문예창작 오프라인 모임인 서울 포시런 문학회에도 참여하고 온라인 바로 문학회에도 작품을 발표하는 등 활발하고도 생기 있게 창작 활동을 전개해 왔다.
　한실 문예창작 회원으로서 문단 활동뿐만 아니라 친목 도모에도 크게 기여하여, 우리 모두의 행복한 에너지원이 되어 주고 있다.

　신점식 시인의 시 세계는 지극히 절제된 시어, 간결한 시어로 빚어내는 감성 예술의 모델을 보여 주고 있다. 특히 삶의 흐름 속에서 만나게 되는 깨달음, 회한, 반성, 느낌 등을 시적 형상화의 그릇 속에 정갈히 담아 놓고 있다.
　또한 대상을 가볍게 터치하면서도 결코 그냥 지나칠 수 없도록 눈길을 은은히 잡아끄는 솜씨도 눈에 띈다. 그리고 자신의 경험과 상상력에 의해 시화시켜 다양한 상징적 의미로 확충시켜 놓는 솜씨도 뛰어나다.
　뿐만 아니라 애틋한 사랑에 대한 줄기찬 탐구가 이미지 구현과 잘 손잡고 있다.
　더불어 인생의 행로에서 만나거나 체득했던 정서까지도 그는 되도록 놓치지 않고 효과적으로 표현하고 있다.

나아가 그리움, 기다림, 추억, 회한 등의 정수를 파헤치며
그 속에서 감동의 파편을 주워 모으고 있다.
　　어떤 때는 애잔함에 휘감겨 감상적인 시심에 젖어 흐느끼
기도 하고, 어떤 때는 애틋함을 품에 껴안으면서 달빛 어린
전율을 덧칠하기도 한다.

　　신점식 시인의 시들 대부분이 추억에 잠겨 과거 지향의
시선에 의해 낚아올려지고 있다.
　　그러다가 최근에 이르러, 현재 지향의 시선이 사물과 세
계를 포착해 이미지의 그릇에 담아내기 시작하고 있다.
　　이제는 미래 지향의 시선도 슬슬 출범할 태세를 갖고 있
는 듯 보인다.

　　　허공에 맴돌다
　　　목덜미에 여미어 젖어 올 때면
　　　어김없이 쓸쓸한 강물 되어 출렁인다

　　　누군가 그리운 날엔
　　　채찍질해 봐도 쉽게 잡히질 않아
　　　차라리 가슴으로 끌어당겨 본다

　　　한구석 깊은 곳
　　　굴러 떨어질까 봐
　　　단단히 동여매 보지만

　　　적막한 하늘 한쪽에
　　　담아 두었던 슬픔처럼
　　　오늘따라 유달리 삐걱거린다

　　　　　　신점식 시인의 시집 출간을 축하하며

탱자 가시 사이로 스치는
쓰디쓴 말 한마디에도
그만 턱 숨이 막혀 푸드득인다.
                          - 〈고독〉 전문

　이 시에서 보듯, 이미지와 상징은 정서의 강줄기를 만들
어내고 있다.
　고독은 허공에 맴돌다가도 목덜미에 여미어 올 때면 어김
없이 쓸쓸한 강물 되어 출렁인다. 고독은 추상의 세계에서
내려와 목덜미를 거쳐 강물로 이어지고 있다.
　촉각 이미지(목덜미에 여미어)와 시각 이미지(허공, 강물)와 청
각 이미지(출렁)가 만나, 보다 선명한 상을 떠오르게 한다.
　누군가 그리운 날엔 차라리 가슴으로 끌어당겨, 굴러 떨
어질까 봐 한구석 깊은 곳에 단단히 동여매 본다. 그런데도
고독은 적막한 하늘 한쪽에 닫아 두었던 슬픔처럼 오늘따
라 유달리 삐걱거린다.
　여기서 추상(고독, 적막, 슬픔)은 구상(하늘 한쪽, 닫아 두다, 삐걱
거린다)과 어우러져 시의 특질을 갖추도록 해주고 있다. 그
리고, 고독은 탱자 가시 사이로 스치는 쓰디쓴 말 한마디에
도 그만 턱 숨이 막혀 푸드득인다.
　다시 고독은 촉각 이미지(탱자 가시 사이로 스치는)와 미각 이미
지(쓰디쓴)와 청각 이미지(말 한마디)와 기관감각 이미지(턱 숨이 막
혀)와 청각 이미지(푸드득인다)와 연속적으로 만나 구체화된다.
　이런 기법의 활용이 신점식 시인의 시 세계를 더욱 튼실
히 구축해 놓고 있는 것이다.

　한 발짝도 물러남 없이
　하얗게 설렘 번지는 날

눈부시게 피어나고 싶다

편안한 거목이 되어
바람막이 시원한 그늘로
감싸 안아 두고 싶다

마음문 활짝 열어
다시 이런 아픔 없도록
가슴에 꼭 담아 두고 싶다

안개 낀 어두운 밤
마비되어 버린 마음
마술처럼 꺼내 보여 두고 싶다

시간을 멈출 수 있다면
떠도는 조각구름조차
당신 곁에 잠들게 하고 싶다.
- 〈다시 사랑한다면〉 전문

이 시에는 신점식 시인의 시 스타일이 고스란히 묻어나
있다. 쉬운 듯하면서도 깊이가 있고, 가벼운 듯하면서도 감
동 짙은 시 세계의 진수를 보여준다.
하얗게 설렘 번지는 날 눈부시게 피어나고 싶고, 편안한
거목이 되어, 마음문 활짝 열어, 어둠 속에서는 마비되어 버
린 마음 마술처럼 꺼내어, 시간을 멈추게 하여 떠도는 조각
구름까지 잠들게 해주고픈 소망이, 그리하여 사랑하는 사람
을 행복하게 해주고픈 열망이 잘 그려져 있다.
시상의 흐름이 자연스러워 마치 산들바람에 몸을 맡기고

신점식 시인의 시집 출간을 축하하며

있는 듯 경쾌해 보인다. 그러면서도 시의 맛이 살아 있어 다
시 읽도록 독자의 눈길을 유혹하고 있다.

한적한
빈 벤치에
홀로 앉아 본다

싸한 아픔
온몸으로 파고들더니
곧바로 습가쁘게 사라진다

굳은 언약마저
시린 미련만 남긴 채
총총총 스러진다

어쩔 수 없어
목 늘어뜨려
두리번거려 보지만

통증마저
한숨 속으로
짜박짜박 잠겨 버린다

마음과 씨름하며
차가운 이성으로
허공만 바라본다

지금 내가 있음에

이 환장할 봄날에

내 안의 깊은 곳에
여전히 변하지 않는 향기

더듬더듬
추억 한 덩어리 위에
풀어놓는다.
                    - 〈둘레길에서〉 전문

　이 시 속에서, 우리는 신점식 시인의 내면을 만나볼 수 있
어 행복하다. 바쁜 사업의 일정 속에서도 한적한 곳으로 가
서 빈 벤치에 홀로 앉아 있는 시인을 만나게 된다.
　싸한 아픔이 촉각 이미지로 다가와 온몸으로 파고든다.
그 아픔은 이내 숨가쁘게 사라지지만 시린 미련은 여전히
남아 괴롭힌다.
　굳은 언약은 지켜지지 않았나 보다. 총총총 스러지는 사
랑의 언약을 찾아 목 늘어뜨려 여기저기 두리번거려 본다.
하지만, 밀려오는 건 통증뿐, 그것마저 한숨 속으로 짜박짜
박 잠겨 버린다.
　그 여운이 몸 깊숙이 차가움을 안겨 주며 더욱더 슬프고
외롭게 한다. 마음을 추스르며 되도록 냉정한 이성을 되찾
아 허공을 바라보면서 깨닫는다.
　'지금 내가 있음에 내 안의 깊은 곳에 여전히 변하지 않는
향기'가 있음을. 그래서 다소 위로를 받는다.
　시심은 시적 화자의 내면을 일으켜 세우며 더듬더듬 추억
한 덩어리 위에 깨달음의 그 향기를 풀어놓아, 독자들의 시
선에 사색의 여백을 덧칠해 놓는다.
　이미지와 시적 화자의 내면이 절묘하게 조화를 이루며 시
심의 아름다움을 시적 형상화로 구현해 놓고 있어 읽어 가

는 독자들을 행복하게 해주고 있다.

언제부터인가
알 수 없는 떨림이
온몸을 들썩거리게 한다

차가운 촉수가
아득한 옛이야기처럼
님을 향해 흐른다

아직도 마르지 않고
변하지 않는 향기로
님 안에 머물러 안긴다

다가가 쓰다듬는
순수의 마음결
깊이 끓고 아름다이 피어난다

너뿐이야 말하고 싶어
두근두근
파란 가슴 안고 돌아간다.
                    - 〈그리움〉 전문

　이 시에서 우리는 신점식 시인이 자신의 시들 속에서 줄
기차게 추구해온 그리움이라는 실체를 만나게 된다.
　그것은 언젠가부터 알 수 없는 떨림으로 시작되었다. 그
것은 온몸을 들썩거리게 했고, 차가운 촉수로 괴롭게 하기
도 했다. 그런데도 여전히 그 떨림과 그 촉수는 변함없이 님

을 향해 흘렀다. 세월이 가도 변하지 않는 향기로 남아, 심지어는 아예 님 안에 머물러 안겨, 아름다이 피어나는 순수의 마음결이 되어 버렸다.

그러므로, 이제는 다른 선택의 여지가 없다. 오로지 사랑할 뿐, 두근두근 파란 가슴 안고 돌아가면서도 고백은 하나 '너뿐이야' 수없이 되뇌일 뿐. 사랑한다고. 사랑의 실체는 이렇다고. 그리움은 이렇다고. 절절절 고백할 뿐.

이처럼 그의 시는 시의 존재 이유, 시의 미적 가치, 시의 특질을 잘 갖추고 있어, 그의 시를 읽은 재미를 감미롭게 만든다.

신점식 시인의 시 세계가 어디로 향하고 어디에서 머물게 될지는 아무도 모른다.

우리는 그저 애정 어린 시선과 가슴으로 그의 창작 활동을 묵묵히 지켜볼 뿐이다. 앞으로 출간될 그의 여러 시집들이 시를 사랑하고 아끼는 독자들의 마음에 깊은 감동과 전율을 심어 주리라 믿어 의심치 않는다.

과묵하지만 정겹고 의젓하지만 가슴 따스한 지성인, 일에 대한 추진력이 좋고 열정적이며 책임감 강하면서도 겸허하고 진실한 사업가, 때로는 트로트와 판소리를 구성지게 노래해 주위를 깜짝 놀라게 해주기도 하는 예술인, 끊임없이 사랑과 그리움을 예찬하고 소중히 여기며 이를 시로 빚어내는 감성의 시인, 그를 알게 되고, 그와 함께 걷는 이 문학의 길이 마냥 행복하고 기쁘기만 하다.

— 단풍이 낭만의 깃발처럼 행복해 하는 가을 아침에
한실 문예창작 지도 교수 박덕은
(문학박사, 시인, 소설가, 동화작가, 문학평론가, 사진작가)

첫 시집을 펴내며

가을볕에 뜨거운 체온을 담아
정상을 오르듯이
발걸음마저 더욱 무거워진다.
생애 첫 시집을 펼쳐 보이게 되어
기쁨과 더불어 더없이 행복하다.

절망의 문을 열고나면
희망의 문이 있듯이
조막손 한줌의 흙에 뿌리를 내려
가능과 불가능의 경계에서 맺은 열매.

비록 달콤하지는 못하지만
맵고 쓴 언어에서 참 세상을 열어
어떤 사물이나 상황 속에 담겨 있는
시어들을 찾고자 하는 데 최선을 다했으며
비록 종착지가 없는 보이지 않는 길일지라도 쉼 없이
무엇을 원하는지 다 헤아릴 순 없지만
열정을 다해 문학의 길을 걷고자 합니다.

오늘이 있기까지 유머와 열정으로 지도해 주신 한실 문
예창작 지도 교수 박덕은 박사님께 깊은 감사를 드립니다.

저의 인생 길목에서 용기와 힘을 주었던 친구와 모든 분
들께도 이 시간을 빌어 진심 어린 감사를 드리며, 한실 문

예창작 모든 문우님들과, 웃음 속에 행복한 시간 함께해 준 포시런 문우님들, 제가 시인으로서 활동할 수 있도록 풍부한 마음과 사랑으로 베풀어 준 아내, 사위 박원우, 딸 은선과 미선에게도 감사의 마음을 전합니다.

2012년 단풍이 물들어 가는 시월에
해송 신점식

신점식

박덕은

바다의 건설이
잉태한
꿈송이 하나

늘 따스함이
실려 있는 낭만으로
감싸 안아

비바람 헤치고
눈보라 뚫고
다다른 자리

세파의 질곡에
올려놓고
땡볕 쏘이고 쏘여

오늘날
옹골지게 달궈진
의미의 열매를 맺었다

물안개 뜬
회한의 산모롱이
이르렀을 즈음

영혼의 깃을
은혜롭게
세워 놓고

가슴에 두른
시심자락
은은히 펼쳐

정갈한 품성
가득
꽃노래를 모으며

감성의 풀꽃들이
달콤히 환희에
젖도록

보람 깃든
향기의 발걸음
줄 세우고 있다.

신점식

박한실

천둥치던 날
백의민족의 얼이
번개처럼 스며들어

장군의 터를
넓히고

그 안에
한 생명을 꽂았다

바다와 들판이
어우러져 자라난
내면의 죽순은

드높은
창공을 향해
치솟았다

푸르게
핏줄에 흐르는
리듬은

때론
나비 춤사위처럼

때론
폭포수의 외침처럼

너을대며
행복을 감싸 안았다

바쁜 굽터를
벗어나서는

그리움 가방에
낭만 하나 챙겨 넣고

시심의 여행을
나서곤 했다

발걸음 발걸음마다
뭉게구름처럼 피어오르는
짜릿한 행복

오늘도
어깨에 두른 채
끄덕 끄덕 산행을 떠난다.

차 례

신점식 시인의 시집 출간을 축하하며 - 박덕은 … *4*

첫 시집을 펴내며 … *12*

祝詩 - 박덕은 … *14*

祝詩 - 박한실 … *16*

둘레길에서　　　　　　… *24*

어느 날　　　　　　　… *26*

국립묘지　　　　　　… *28*

마음의 벽　　　　　　… *29*

기다림 · 1　　　　　… *30*

그리움 · 1　　　　　… *32*

초가을　　　　　　　… *33*

시 창작　　　　　　　… *34*

시월의 오후　　　　　… *36*

새벽 편지　　　　　　… *37*

어떤 그림자　　　　　… *38*

이 환장할 봄날에　　… *41*

가을비　　　　　　　… *42*

유월　　　　　　　　… *45*

덧없이 가는 세월　　… *46*

한천로　　　　　　　… *48*

남열리 바닷가　　　　… *50*

상훈　　　　　　　　… *53*

산행길　　　　　　　… *54*

기다림 · 2　　　　　… *55*

옛사랑 … 56

그대 사랑 … 58

여정 · 1 … 61

여정 · 2 … 62

소양강 … 64

그리움 · 2 … 65

인연의 강 … 66

언약 … 68

노을 · 1 … 69

노을 · 2 … 70

지금은 어디에 … 72

갈등 … 74

사랑인가 봐 … 76

그대 … 77

보름달 … 78

대청봉 … 80

애심 … 81

둥지 … 82

사랑할 수 있다면 … 84

한계령 … 85

용주사 … 86

女心 … 88

이 가슴 비에 젖어 … 90

해송 … 92

독도 … 93

두타산 무릉계곡 … 94

그대 곁에 … 96

아직도 … 97

내 사랑 … 98

아름다운 내 사랑 · · · *100*

삶 · · · *102*

사랑해 · · · *104*

소중한 내 사랑아 · · · *105*

짝사랑 · 1 · · · *106*

짝사랑 · 2 · · · *108*

짝사랑 · 3 · · · *109*

짝사랑 · 4 · · · *110*

비처럼 · · · *111*

상념 · · · *113*

그대 보고 싶어 · · · *114*

향수 · · · *116*

중년 · · · *118*

깊은 밤에 · · · *120*

나팔꽃 · · · *121*

그대 보고픔에 · · · *122*

내 마음 · · · *124*

냉이꽃 · · · *125*

무궁화꽃 · · · *126*

송화 · · · *128*

겨울 비 · · · *129*

산수유꽃 · · · *130*

단풍 · · · *132*

홍매화 · · · *133*

雪風 · · · *134*

억새꽃 · · · *136*

엄동설한 · · · *138*

청포꽃 · · · *139*

겨울 침묵 속에 · · · *140*

서리꽃　　　　　　　… 141

폭우　　　　　　　　… 142

무명초　　　　　　　… 144

고독·1　　　　　　　… 145

고독·2　　　　　　　… 146

열정　　　　　　　　… 148

가을　　　　　　　　… 149

철새　　　　　　　　… 150

인연　　　　　　　　… 152

첫사랑　　　　　　　… 153

봄꽃　　　　　　　　… 154

조팝나무꽃　　　　　… 156

북한산 칼바위　　　　… 157

초록빛 봄　　　　　　… 158

立春　　　　　　　　… 160

바람　　　　　　　　… 161

사랑·1　　　　　　　… 162

사랑·2　　　　　　　… 163

사랑·3　　　　　　　… 164

꽃샘추위　　　　　　… 165

잊혀진 계절　　　　　… 167

중년의 삶　　　　　　… 168

이슬　　　　　　　　… 169

새벽 단상　　　　　　… 170

사랑아　　　　　　　… 171

인수봉 철쭉꽃　　　　… 172

미운 사람　　　　　　… 173

들꽃　　　　　　　　… 174

당신과 나　　　　　　… 176

이 환장할 봄날에

한적한
빈 벤치에
홀로 앉아 본다

싸한 아픔
온몸으로 파고들더니
곧바로 숨가쁘게 사라진다

굳은 언약마저
시린 미련만 남긴 채
총총총 스러진다

어쩔 수 없어
목 늘어뜨려
두리번거려 보지만

통증마저
한숨 속으로
짜박짜박 잠겨 버린다

마음과 씨름하며
차가운 이성으로
허공만 바라본다

지금 내가 있음에
내 안의 깊은 곳에
여전히 변하지 않는 향기

더듬더듬
추억 한 덩어리 위에
풀어놓는다.

어느 날

빗소리는 멈추고
불꽃만
온몸을 맴돌고 있다

홀로
한 겹 두 겹
풀어내 보지만

절벽으로
떨어져
외롭다

마음에 쌓고
기억에 남아
다시 솟구치는 뜨거움

이 한밤
단잠에 빠져
모조리 지워 버리고 싶다

품에 파고드는
한 줄기 갈바람과
뜬눈으로 함께하며.

국립묘지

가시지 않는 긴 세월로
울부짖는 아우성

붉은 꽃잎 위로
줄줄 흐르는 넋이 되어

흔적조차 없는 비목 곁에
노래인 양 아롱거리다

하늘하늘
가슴 저리게 스며든다

침묵으로 뱉어내지 못한
천둥소리로 피고 지며

못다 한
젊은 꽃으로 피고 지며

가고 오지 못할 길에
주검으로 누워 피고 지며.

마음의 뻑

샛바람 몰아두니
허전하기만 하다

왜
놓지 못하나

어스름 돋는
여름날

무심한 그림자 되어
빛바랜 가슴만 내민다

스스로 지고 가는
추억까지 아파하며.

기다림 · 1

나만의
흘림체가
아픔일지라도

설레는
정감(情感)으로
손 내밀어 건네준

9월의
싱그러움처럼

아침 햇살
푸른 풀잎에
이슬이 될지라도

그리움이
피어난 그 길을
에돌아서

숲을 가로질러

천천히
걸어가야 하네.

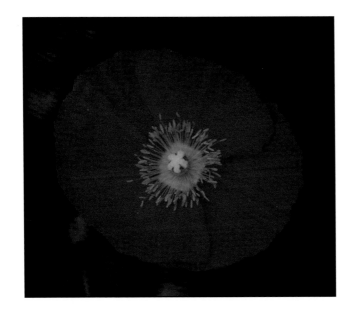

그리움 · 1

언제부터인가
알 수 없는 떨림이
온몸을 들썩거리게 한다

차가운 촉수가
아득한 옛이야기처럼
님을 향해 흐른다

아직도 마르지 않고
변하지 않는 향기로
님 안에 머물러 안긴다

다가가 쓰다듬는
순수의 마음결
깊이 묻고 아름다이 피어난다

너뿐이야 말하고 싶어
두근두근
파란 가슴 안고 돌아간다.

초가을

땡땡한 햇살이
하늘 타고 오르며 쪼아댄다

애처로운 발차취도
굳은 입술도 떨어질 줄 모른다

심연에 문 활짝 열어
쭈르륵 빨려 들어간다

흥분 감추지 못하여
내리치는 감촉

살갗 깊숙이 파고들어
색채 띤 얼낯

한숨의 리듬 삭히는
새벽 찬바람

고인 아픔까지
쪼르르 씻어 버린다.

길은 멀어도
함께 가요

눈이 내리고
바람 부는
어두운 밤에도

애틋이
손 내밀어
잡아 주며

때론
몸으로
막아 주고

때론
바람처럼
사랑하며

저마다

아름다움이
활짝 피어날 때까지
함께 가요.

시월의 오후

애달픈 마음
가을향에 취해
더욱 깊어간다

상념의 불티들이 흩날리는
메마른 심장은
잊혀진 것들 들추어내어
지우려 헛된 맹세 거듭하지만

침묵 속 그리움은
시린 가슴 토해내고
휘감는 노을은 뉘엿뉘엿
아직도 그 안에 맴돌아

공허한 마음 달랠 길 없고
꽉 막혀 버린 답답함에
자꾸만 목이 잠겨 버린다

무거운 발걸음마저
미열에 들떠
이리 아파 오는데.

새벽 편지

달빛 머금은 초겨울 창가에
눈시울 붉어진 혼들만 깜박거린다

가던 길 멈추니
차오르는 이별이 시려온다

홀로 골똘히
긴 회상 늪에 빠져든다

할퀴고 가는 싸한 아픔
갈참나무 가지에 매달려 우짖다가

가슴속으로 파고들어
허허로운 기다림만 부려놓는다.

어떤 그림자

누군가
슬그머니
곁에 머물고 있더니

불현듯
소름 끼치도록
고개 떨구게 한다

마음문 열고
기력 잃은 입술에
미소 지어 보지만

진통 속
맥박은
흥분을 감추지 못하고

내리치는
쓰디쓴 감촉
살갗 깊숙이 파고들어

가슴 베인 듯

한숨 삭이는

영혼은 늘 목이 마르다.

이 환장할 봄날에

진달래꽃 망울로 피어나듯
불타는 혼들이여

뜨거운 가슴속 그리움으로
붉은 꽃씨 되었는가

자유 나무에 피거름 되어
여기 누워 있는가

거둘 수 없는 고귀한 열매여
가슴 울리는 천둥소리여

어둠 속 한 줄기 빛 찾아
몸부림쳤던 젊은 꽃들이여

지옥 끝까지 울려 퍼지는
아름다운 천상의 메아리여.

가을비

짙어가는 계절 앞에
오열하는 걸까

밤새워
하염없이 내리는

님의
발자국 소리

갈증만 더할 뿐
애틋함 채워줄 수 없어

기다림으로
침묵 깨고 피어나는

살며시 그리움 등지고
갈바람 타고 스쳐간

애절함만 남긴 채
가슴 적셔 놓고 수줍어하는

님의

발자국 소리.

유월

철 지난 바람조차
붉은 넋이 되어

꽃잎마다
서려 있다

결코 시들지 않은 채
맨손의 전설을 남기고

목청껏 외치는 소리로
환호하듯 출렁대며

메아리는 이미 갔어도
여전히 피우지 못했어도

영원히 지지 않을
청춘의 울타리를 지키며.

덧없이 가는 세월

새털구름
바람에 떠밀려도

먼 길 돌아
산모롱이 자갈길

가쁜 숨 몰아쉬니
너무 허무한걸

남은 길은 저만치
내 흔적은 어디에

뒤돌아보니
마음만 미어지는데

어이
누가 잡을쏘냐

허탈함의 물결만이
아픔으로 느껴지는데

구름처럼 바람처럼
흘러가는 길

무엇으로
막으리오

너도 쉬엄쉬엄
쉬었다 가렴.

한천로

갈 길 멀다 해도
가지 않을 수 없다

정수리 내리꽂는
쓸쓸함 등에 업고

꼬부랑 후회
휘저으며 걸어간다

거친 숨 몰아쉬며
마구 엉겨붙은 고독

차마
떨궈내지 못한 채

고운 눈빛으로
투명한 가슴 내보이며

황량함으로
추억의 발자국 더듬거리며

노을빛 아름다움에 취해
노 저어 가듯

오늘도
나 홀로 걸어간다.

남열리 바닷가

땡볕 아래 가라앉은 침묵이
탈색된 거품으로 다가온다

바스러진 사연들은
부서져 백사장을 메우고

울분 씻어
하얗게 품어대는 마음

도로시처럼 맴돌다
고독에 쌓여

천년의 서러움과 한으로 굳어
가슴속에 몸부림치다가

몸 비비고 부딪치는 소리에
경련이 일면
파도에 씻긴 철썩임 안고

고운 모래밭에

짭조름한 그림자 매달고
부챗살 노을 속을 헤집는다.

상흔

진저리치며 일어나
뒤뚱거리며 새벽잠의 창문을 연다

울컥하고 치닫는
떨리는 오장

낯선 설움 삼켜 버린 듯
엎어져 있다

더듬더듬
하얀 여백 채워 가며

생기 없는 심신을 풀기 위해
선잠에 빠져들어간다.

한낮 허허로운 바람
눈빛으로 끌어당겨

갈피나무 잎 사이로
내보낸다

풀리지 않는 뒤틀림
심연에 피어오르면

신음 쏟아내며
상념 속에 잠긴다

찌들어 지친 몸 떨어내고
산모롱이 돌아갈 때

짜박짜박 애틋한 맘
무너져 내려

불타는 열정 앞에
보이지 않는 것들이 벌떡 일어나
발목을 잡아 땡긴다.

기다림 · 2

안개 낀 산행 길
쓰윽 파고드는 뜨거움
가슴 패인 듯 긁고 가는데

싸한 아픔 한 움큼에
입술 깨물어 삼키는 눈물
하루에도 수십 번

그대만의 추억 안에서
아무도 부르지 않을
이름표를 달아 주건만

그리움 채워지지 않아
마음 놓을 수 없는 갈망에
내 영혼은 늘 목이 마르다.

옛 사랑

오래 묵은
사랑 하나
있어

서러움과 그리움
몸살처럼
앓으며

밤낮으로
야위어온
가슴

이제는
차디차게
식어

핏덩이
토해내는
달 되어

저렇게
자꾸만
멀어져 가네.

그대 사랑

메마른 가슴과
얼어붙은 영혼을
채워 주고 녹여 주는

세포처럼
마음에 조금씩
전이되어 가는

회오리 바람결에
추억을 움켜쥐고
나를 부르는

숨결을 내게 주어
지울 수 없는 문신처럼
심어 주는

내려다보는
자리가 아닌
같은 눈높이에서

너와 내가 아닌

당신이라고 부를 수 있는

그 이름으로 하나 되는.

여정 · 1

지금은
그대가 올
시간

그리움 끄집어내어
미움마저 품에 안으며
속울음에 젖는
시간

길게 누운 대지의 가슴에
얼굴 묻으며
마른 눈물 훔치는
시간

숨 막히는 상념으로
눈 감고 지새우다
선잠에 빠져드는
시간.

여정 · 2

바람 부는 대로 가다 보면
자유로움이 있는 건 아닐까

온갖 고뇌를 쓸어 담고서
여전히 갈 곳 몰라 서성이는
상념 하나

뼈마디를 끊어 내는
아픔에도

토해내듯 숨막히는
한숨에도

얼룩진
쓰디쓴 고통에도

메아리 되어 되돌아와
한 뼘 한 뼘 수놓듯
하나되고 둘 되어 쌓이니

어느새 여명은
창문을 비집고 들어와
새아침의 문을 연다.

소양강

깊은 계곡 돌고 돌아
거칠게 흐르고 흘러

아침 햇살 아래
물안개 곱게 피우며
내려간다

고운 미소 눈 흘기며
비탈에 머문 메아리
등에 업고서

시간마저 정지된
한 치 앞을 분간할 수 없는
짙은 장막 속으로

붉게 타오르는
저녁노을 바라보며
님 찾아 유유히.

그리움 · 2

눈 어두워
그대 순결
보지 못했네

코 막혀
그대 향기
맡지 못했네

바람 불지 않아도
소리 없이
떨어지는

그대는
아~
하얀 눈물이어라.

인연의 강

한번 맺어지면
지울 수 없는

그 질긴 인내의 숲에
황톳물이 흐를지라도

하늘 아래 맺지 못할
운명처럼 떠나는
한 줄기 바람일지라도

차갑게 돌아서는
계절의 길목에서
잎이 지듯 눈물 흘리는데

그리움도 그댈 향해
이토록 달려가건만

설움 적셔
풀리지 않는 슬픔마저

화사한 미소로
가슴에 담아

곱고 예쁘게
건너가건만.

언약

길이 있는 곳이면
어느 곳이든
다시 시작되는

끝 간 데 없이
저 숲속에 이는
시원한 바람 소리처럼

언제까지나 푸르게
시작이 되고
인연이 되는

애만 태우며
눈빛 속에 감춘 속내
그 누가 알아주랴.

노을 · 1

돌부리에
걸리고 채이고
옷깃 적시는
여정일지라도

타들어 가는
추억의
꼬리를 잡고

가는 길마저도
향기롭게
맞이할 수 있는

진정 환한
가슴으로
눈을 감아 보니

붉은 빛바다로
미소 띤 사랑을
보낼 수 있어.

노을 · 2

은은히
물결 위에
떠오를 때

내 인생도
저만치
흘러가네

어제의 청춘
오늘은 꿈결

왜
몰랐나

지평선
넘어가는
넌

나와
친구 하자네

아
저가는
붉은 세월이여.

지금은 어디에

지금 왜 거기
부르는 소리에
대답이 없는가

그대

오지 말라 해도
가지 말라 해도
그냥 얄밉게

손 내밀어
잡아주고 안아 주던

아파할 때
가슴 저려 하던

따뜻한 말 한마디로
뻥 뚫린 마음 채워 주던

그대

72

봄 여름 그 어느 계절인들
잊을 수 있겠는가
가슴 가득 차오르는
내 안의 사람아.

갈등

오랜 세월
앙금 되어
빈 가슴 짓누르고

미움이
쌓이고 쌓여
마음 애태우다

멍울로 얼룩진
아픈 기억들
화인으로 남아

애끓는
슬픔으로
지새우는 밤

잿빛 하늘이
참으로 안타까운
밤.

사랑인가 봐

그리움은 온몸을 맴돌고
달콤함이 쏟아져 나오고 있다

이 가슴에 먹구름 덮인다 해도
한순간도 지우고 싶지 않다

수시로 꺼내어 다시 들춰도
아름다움은 그대로인데

가슴 자꾸만 뜨거워져
마음 안에 채우고 싶다

홀로 견딤의 시간
언제나 같은 자리

눈빛만 보아도 알 수 있는
깊어갈수록 안타까움만 더하는
우리 사이

오늘 왠지
그대를 놓고 싶지 않다.

그대

한순간
불어오는 바람인 줄

그 사랑
알지 못해 가슴 맺힌

처마끝 매달린
슬픈 호롱불처럼

이제는 지울 수 없는
여운만 담아

홀연히 떠나 버린
그리움

사진 속으로
자꾸 파고들 때

가슴에 바르르 찍히는
아름다운 흔적 하나.

보름달

빛 고운
다랭이 논두렁 위로
휘영청 쏟아져

연지 곤지 밝아
청춘 같은 벗이로다

깨소금 같은
달콤한 사랑처럼
여전히 크고 둥근데

내 마음은 왜 이리
작아지는가

달빛 젖은 꿈 하나
언젠가
천년 풍요로 떠올라

은빛 물결로 너울대다가
짓궂은 비구름에 가려

시름 뿌려도

마음속에 떠오르는
흥겨운 노랫가락
밤하늘에 쩡쩡하다.

대청봉

산이 좋아 가슴 지닌
오묘한 조화 앞에
등성이 타고 넘어

치솟아 하늘 물어뜯는
기암의 허리께로
노을도 서천을 덮네

계절을 비워가는
숲을 헤치고
물소리 바람소리
귀 시린 계곡 따라

산천 만물이
어둠을 걷어차는
이 무한 고요를 어이하리

어떤 빛깔로도 그릴 수 없는
이 황홀함을 난 그저
눈물로 맞이하네.

애심

그리움에 지쳐
갈바람으로 채웠건만

지름길 에움길도
가슴앓이 까맣게

시린 가슴 속으로
떨어지는 단풍잎 하나

인연의 터에 붙어
떨어질 줄 모르는

지우지 못할
여정의 노을.

둥지

비바람에 떨어질까
하늘 보며 울먹인

속살 나눈 모정
야윈 가지에 떠는

갈바람 따라
미련 없이 날아가면

쓸쓸함만 덩그러니
하늘은 일렁거리고

떠날 날갯짓에
긴 울음 맺혀 퍼덕이는

해그림자 저문 녘에
하얀 달빛에 흘러
남 몰래 가슴 적시는

어이 벌써 가을이

골바람에 실려 와

산숲 달래며 스쳐가는.

사랑할 수 있다면

한결같은 마음으로
가장 귀한 보석처럼
찬란한 꽃을 피우리

세월이 주름을 불러도
가진 것 없을지라도
행복이 가슴에 가득하리

넉넉한 마음으로
행복의 꼬리표 달고
웃음 지으며 살아가리

아껴주고 도와주는
지금 향기 그대로
한세상 다하는 그날까지

수천 년이 지난다 해도
지금 떨림 그대로
나 결코 변하지 않으리.

한계령

굽이굽이 많은 길
아스라한 추억 부수며
진종일 헤매는
빗물 젖은 옷자락

피나무 이파리
번진 불길처럼
깊이를 알 수 없는
애증의 꽃 되어

추억에 아파 우는
눈물 젖은 산안개
지친 한숨 빗물 되어
빈 가슴 쓸어내리네.

용주사

슬하의 그늘
못내 그리워

쏟아져 내리는
눈물

오랜 세월 견뎌온
아픔처럼
벌떡거린다

냉가슴앓이
울음 터트려
이제야 침묵하는

마음 끝에 다 왔다가
영혼까지 파고드는
그 애통함처럼

심연에
끓어오르는

염원

수줍어
가을 속으로
몸을 감춘다.

女心

가슴속 깊은 마음
차곡차곡 꺼내면

애잔함과 그리움으로
푸른 하늘 아롱지고

뭉게구름 님 찾아
너울너울 춤을 추고

조화로운 빛으로
곱게 물들어 가고

지난날 모습 찾아
하냥 보고픔에 젖고.

이 가슴 비에 젖어

아침 바다 수면 가득
해무 내려 덮어놓고

님 떠난 부두에
이별이 서러워

재갈매기 슬피 우니
내 눈물도 흘러

돛단배 품에 안겨
슬픔에 젖어도

출렁이던 옥빛 바다
안개구름 속으로

뱃고동 소리에
등대마저 울어

침묵 시린 허공에
그리움만 남기고

마음도 바람도
외로움에 젖어.

해송

천년을 하루같이
비바람 수난 속에

소금기에 등뼈가
마구 뒤틀려도

가슴속 똬리 틀고
해변에 홀로 서서

푸른 의지 한 가닥
바위틈에 다리 뻗네

온누리 빛으로
오랜 세월 인내하며

운무 속 이슬 먹고
시린 가슴 녹이며

아련히 휘돌아오는
님의 향기에 젖어.

독도

설렘 물결 타고
먼 길 찾아오니

파란 가슴 다 열어
하늘처럼 맞이하네

피붙이 보고 싶어
아픈 마음 견뎌 온

한이
쌓이고 쌓여

모진 풍파
소금꽃으로 다듬어져

곱게 피어난
한 송이 외로움이여.

두타산 무릉계곡

하늘빛 고운 무지개
낙엽으로 흩어지고

암반 옆 노송은
잠이 든 듯 고요한데

천연의 백색
비단을 펼쳐 놓은 듯

아찔한 절벽 끝에
눈 감아 보아도

용추폭포 천둥소리
한 맺혀 울고 있네

산화한 충정의 핏물이
빗물처럼 흘렀는가

널찍한 바위
학소대의 절벽으로

94

병풍바위 장군바위
무릉도원 닮았구나

삼화사 품에 안고
가는 세월 아쉬운 듯.

그대 곁에

깊은 밤
그리움의 꽃잎
별빛 되어
반짝이고 있나요

새벽녘
너울대는 바람결
풀꽃향 되어
꿈꾸고 있나요

눈보라 치는
애타는 가슴으로
님의 얼굴
그리고 있나요

차마 못한
사랑 고백이
이제는 보고파
부서져 내리고 있나요.

아직도

가까이 다가설 수 없어
방황하는
가시 돋친 꽃길이어라

한 올 눈빛조차
만져 볼 수 없는
그리움이어라

안을 수 없어
그저 바라만 봐야 하는
아린 향기이어라

이렇게 기약 없이
흩날려야만 하는
한 줄기 바람꽃이어라.

내 사랑

이른 아침 이슬에 맺힌
서럽고 아픈 기억들

텅 빈 가슴 짓누르고
스치는 바람에 속삭이면

오월의 향기에
마음 고이 접어 같이 숨쉬며

함께하면 행복하고
보고만 싶은
내 사랑아

햇살 같고
바람 같은
내 사랑아

꿈꾸며 그리던
아름다운
내 사랑아

홀연히 눈앞에 나타나
안아 줄 것 같은
내 사랑아

영원히 맑디맑은
알지 못할
내 사랑아.

아름다운 네 사랑

끝도 시작도 없이
언제나 변함없이

슬픈 날은 손잡고
기쁜 날은 함께 춤추는

서로의 행복을 위해
손 모아 기도하는

신비로운 꿈 엮어
등불처럼 밝혀 주는

함께 웃으며
먼 길 갈 수 있는

부담 없이 다가서서
어깨에 기대는

지난날의 아픔 딛고
진정한 소망 나누는

서로의 가슴에
그리움을 꽃피우는

잊혀지지 않도록
서로 이름을 불러 주는

힘든 날엔 가슴 다 열어
행복한 여행을 떠나는

뒤돌아보아도
가장 애틋한 추억으로 남는

다 주고도
더 주고 싶은

이 세상 다하도록
항상 함께하고픈.

삶

고운 자태 뽐내며
유혹하던 아름다움

절정에 이르고
환한 모습 뒤에는

어두운
그림자뿐

어느 위치에 서서
변한 모습
싫어 싫어

홀연히 떠나가는
그대여
서러워 마오

그대 곁에는
향기 줄 수 있는
내가 있지 않소

오늘에 나를 묻고
그대에게 줄기차게 다가가는
내가 있지 않소.

사랑해

엉클어진 멍울로
답답한 가슴 쥐어뜯어 본다

보고픔 들썩이는 애틋함만
영롱한 햇살에 녹아든다

흩어진 마음조각 주섬주섬 모아
체념하듯 발버둥쳐 보지만

어느새
붉게 물들어 오는 쓰라림

잊을 수 없어 아쉬움 내려놓은 채
여정의 길 걸어가는 오늘

한없이 방황할 수 없어
남몰래 감추었던 말 꺼내

피어오르는 물안개에 실어
멀리멀리 보내고 싶다.

소중한 내 사랑아

파릇한 풀잎에
진주같이
피어나는

백합향처럼
오래도록
기억에 남을

차 한 잔으로 마주앉아
바라만 보아도
보석보다 더 눈부신

숱한 고뇌 속에서도
불꽃 되어
하염없이 타오르는

가까이 할수록
더욱더
아름다운.

짝사랑 · 1

추억의 미명 아래
사무치는 하얀 별빛
애틋이 보듬어 본다

어둠 같은 고뇌 속에서
공허한 그리움만
그렇게

창가 스치는
북풍의 매서운 절규처럼
그렇게

푸른 초원에 넘쳐나는
생명의 숨소리처럼
그렇게

형체 없는 보고픔에
상념의 긴긴 세월 애타하며
그렇게

쓰디쓴 눈물

오로지 가슴에 담으며

그렇게.

짝사랑 · 2

넋을 잃고 제 살 찢어
도려내는 아픔

숯등걸이 되어
두렵던 밤마다

열꽃 타는 사투에
비틀거리는 가슴앓이

그리움을 향한
비라도 내리럼

내 눈물이 모조리
메말라 버릴 즈음.

짝사랑 · 3

하늘이
아파할까 봐

그리움을
못 본 척

눈물꽃
떨어질까 봐

보고픔도
모른 척.

짝사랑 · 4

머물 수 없는 피멍
가슴속에 감추어 본다

지울 수 없는 갈망으로
누르고 또 눌러 보지만

자꾸만
위로 솟구친다

멈출 수 없다면
차라리 함께하리라

시리디시린
행복을 위해.

비처럼

앞을
가릴 수 없는
속가슴은
홍수가 나고

사랑에
멍든 그리움에
취해

하늘은
눈물의 강이 되어
쏟아부어도

넘치지 않을
슬픔의 줄기 타고
촉촉이 젖어

그대
따뜻한 체온에
전해줄 수 있다면
좋으련만……

상념

지울 수 없는 피멍
설움으로 걸어 놓고

나갈 수 없는 담장 너머
꽃빛 연가 불러 모아

앙상한 그림자 위에
곱게 맥질한다

가시꽃 아픔처럼
엮을 수 없는 인연

낙엽의 몸짓 될지라고
선홍으로 물들어져

그리움 속 가녀린
깃발로 나풀거린다.

그대 보고 싶어

그리워하는
이 가슴
부둥켜안고

울먹이며
불러 보아도
아쉬움만 더하고

눈시울 젖도록
보고 싶은걸
어떡해

떠오르지 않아
답답해
꿈속 헤매는데

도저히
견딜 수 없어
참을 수 없어

주체할 수 없이
흐르는 눈물

슬픔 속에
점점 멀어져 가니

어쩔 수 없이
뒤돌아서서

오늘도
비에 젖어
걷고 있다.

향수

세월은 흘러 변했지만
언제나 떠오르는
하늘 아래 끝동네
보고파라 가고파라

어릴 적 뛰어놀던
큰 골목 초가집은
터만 남았다는데
보고파라 가고파라

그리움에 젖어들 때면
아스라이 가물가물
추억이 쏟아지는 곳
보고파라 가고파라

동구 밖 사장나무 아래
나뭇지게 고여 놓고
땀방울 식히던 곳
보고파라 가고파라

앞산 진달래
올해도 붉게 피었을까
천리 길 멀리
보고파라 가고파라.

중년

가슴을
사르는 불꽃은
어느새
재를 삼키고

외로운 밤
어깨를
들썩이네

이 밤도
홀로 서서
고뇌하며

고개 숙여
섬겨야 하는
가슴

어찌해야
이 봄을
즐길 수 있을까

이런 저런

생각에

또 하루가 가네.

깊은 밤에

어둠 속 꽃잎 하나
바람 한줌에도
먼 하늘로 날아가고

세상살이 힘겨운
벌거숭이 내 영혼만
눈물에 젖어드네

젊은 날
꽃물들이던
별빛 추억은 어쩌라고

처연한 밤
몸서리치는
이 그리움은 어쩌라고.

나팔꽃

사나운 비바람에
숨소리마저 드리우며

밤새 뒤척이다
눈 비비고 일어나

이슬에
목 축이고

하늘 향해
함초롬히 피어나

낮은 곳에서
그리움의 연가 부르는

붉은 자주색
외줄기 삶이여.

그대 보고픔에

오랜 세월
쏟아지는 소낙비에도
그리움이
이토록 사무친 것도
그대 보고픔에

밤하늘
수많은 별들에게
애타는 이 마음
전하고 싶은 것도
그대 보고픔에

새벽이슬
목 축이며
외로움 쏟아낸 것도
그대 보고픔에

나뭇잎 꽃잎
흩날리던 아침
유달리 쓸쓸한 것도

그대 보고픔에.

내 마음

살랑
살랑이는
봄향기에

보고픔
훨훨
날려 보내니

다소곳이
살짝 받아

당신의
넓은 가슴
깊은 곳에

그리움의
감촉 섞어

포옥 껴안아
앉혀 주소서.

냉이꽃

그리움에 흐느껴
처연히 고개 숙인

질긴 사랑으로
손잡아

찰싹 몸 붙이고
일어나

홀로 서면
초라하지만

어우러지면
세상을 온통 하얗게
덮어 버리는.

무궁화꽃

활짝 웃어도
수줍어 고개 떨어뜨리려도

진정한 가슴에
얼을 심는

하늘에 산화한
넋이여

한을 품고서
한줌 흙이 되어도

가뭄에도
연명하였구나

산들바람 부는 가을 두고
무더운 칠팔월에 만세 불렀구나

흰 저고리 치맛자락에
선홍빛 물들어 잊지 말라고

다섯 손가락 활짝 펴고
하얀 꽃송이 되었구나

다섯 발가락 힘껏 디디어
보랏빛 꽃송이 되었구나

몸은 비록 묻혔으나
나를 위해 눈 못 감고
활짝 피었구나.

송화

겨울 모진 설한풍
그 시샘도 지켜야 했던

속 타는 그리움
어느 날인가 보고파

푸른 가지 끝에
샛노란 연정

바람 불면
실어 보내

헤매던 그리움
날아다녀 성가시다 해도

그냥
그대 찾아 가는 길

이대로는 서러운 꽃
아픈 사랑인 줄 알면서.

겨울비

바람에 흔들리는
앙상한 가지에
초록 움 틔우게 하는
저 비가 봄비라면

흙먼지 날리는
메마른 들판에
푸른 꿈 돋아나게 하는
저 비가 봄비라면

슬픔까지 하얗게
얼어붙은 강물
녹아 흐르게 하는
저 비가 봄비라면

님 잃고 홀로 우는
외로운 가슴에
향기 피어나게 하는
저 비가 봄비라면.

산수유꽃

사무치도록
봄이 좋아

거센 시샘에도
보란 듯이

혹독한 엄동
적막함에도

수줍은 멍울들
화알짝 틔워

둘만의 비밀로
깊이 간직해온

첫사랑 추억
들키고 말았네

더욱 간절해진
사랑의 꽃말

꽃샘추위에도
봄을 외치네.

이 환장할 봄날에

단풍

산사의 숲길로
멍울져 떨어지는

가슴속 울적한
한 다발의 향기

가뭄 든 들녘의
단비처럼

시린 어깨에
살포시

젖어 젖어
뒤척이네.

홍매화

가지 마디마디
터질 듯 말 듯 애태우다
실눈 뜨고 깨어나

꽃샘추위도 잊은 채
옷고름 풀어 제쳐
부픈 젖멍울

고아한 향에 넋 놓고 취해
마음마저 훔쳐 담아
엉클어진 그리움의 붉은 열정.

雪風

매혹의 눈망울로
소리 없이 찾아오는
하염없는 그리움

한겨울의
축전인 양
허공을 뒤덮는

예술가의
손길 스쳐간 듯
한 폭의 그림으로 남는

잎 떨군 겨울 나목에
흰옷 입혀
사랑으로 하나되는

무성한 애욕의 자리마저
우주의 품처럼
고이 채우는.

억새꽃

긴긴 날
오래 참아
눈꽃송이로 피어났나

은빛으로 빛나는
아름다움
실바람에 한들한들

그
어떤 꽃도
흉내낼 수 없어

청아함과
우아함이
한층 더

햇살 받아
눈을 뗄 수 없는
하얀 춤사위

한해살이
마지막 삶이기에
그리도 찬란한 것인가.

엄동설한

동지섣달 긴긴 밤
뼈끝이 시리도록
설한풍 지난 세월

앙상한 가지
살점 에이듯
밤새 불어 닥쳐

향수마저 시려운
고통의 둥지에서
문풍지 울부짖어

아랫도리 찢긴
문틈 사이로
잠꼬대를 한다.

청포꽃

노을 진 호숫가
은은히 미소 짓는
주황색 눈동자여

가녀린 아낙의
다소곳한
보랏빛 서정이여

풀향내 상큼한
바람결에 하늘대는
여심이여

너무 고와
가슴마저 저리는
그리움이여

너울대는 고통
퍼져가는 물결 따라
피어난 애잔함이여.

겨울 침묵 속에

어둠 속
부서진 한숨처럼

너는 태초부터
그 자리에 있었는가

구멍난 가슴에
검은 재 엉클어져

목덜미 여미고 지나가는
설풍에

소리 없이
아픔만 깊어가는

한마디 말
차마 건넬 수 없어

입 다물어
마음 비운다.

서리꽃

서럽도록 고운 설풍에
차가운 밤

스며드는 그리움
가슴 깊이 저며 메고

서러워 흘린 눈물
새벽꽃으로 피어나

누가 먼저 볼 세라
주섬주섬 담아

남 몰래 남 몰래
온몸으로 껴안는다.

폭우

천둥 번개
한 녘 우로 비켜 앉아

장대 같은 빗소리
귀를 닮아 세고 있네

절규의 목소리로
한없이 통곡하니
후련하던가

속 다 헤집고 떠나가는
저문 날에
말 한마디 못 해주고

이렇게 염치없이
황톳물을 쏟아붓는가

가슴에 상처
아직도 남아 있건만

용서할 수 없어
이리 온몸 떨고 있건만.

무명초

이름 없어
불러 주는 이 없어도

아무도 찾지 않아
보아 주는 이 없어도

바람 부는 벌판에
푸른 모가지 두르고

어둠 속에서도
홀로 버티어

영원의 화음 울리며
그렇게 피고 지는.

고독 · 1

가을이 파 놓은
우물에서
물을 긷는다

두레박 없이도
물을 마시면
보인다

지난여름
숲에 가려 보이지 않았던
당신 모습도
하나 가득 출렁여 오는
우물

거기서
날마다 새로이 키우는
하늘빛 깊이를
긷는다.

고독 · 2

허공에 맴돌다
목덜미에 여미어 젖어 올 때면
어김없이 쓸쓸한 강물 되어 출렁인다

누군가 그리운 날엔
채찍질해 봐도 쉽게 잡히질 않아
차라리 가슴으로 끌어당겨 본다

한구석 깊은 곳
굴러 떨어질까 봐
단단히 동여매 보지만

적막한 하늘 한쪽에
달아 두었던 슬픔처럼
오늘따라 유달리 삐걱거린다

탱자 가시 사이로 스치는
쓰디쓴 말 한마디에도
그만 턱 숨이 막혀 푸드득인다.

열정

허기져
애잔히 불러본다

숨어드는 그리움에
긴긴 밤 설치며

미명이 열리는 순간
엷은 미소 띠며

곱디고운 모습
가슴에 가득 품으며.

가을

갈바람
옷깃 스치듯

물처럼
흘러가는 계절

무심히
보내기 싫어

청아한 산사
낙엽 소리 흩으며

푸르던 날
허리에 감고

마음 안에 품은
만산홍엽.

철새

밤새도록
울고 있더니
창 열고 들어와

맑게 살려면
외롭다는 말은
내뱉지 말라네

하늘을 보려면
좁은 마음부터
넓혀야 한다네

별을 보려면
희망의 키부터
키워야 한다네

어느새
슬픔으로 퉁퉁 부어
누워 있는 나의
연인이 되어

저리
천상의 소리로
지저귀네.

인연

창가에 다가온
그리움이
하늘로 떠오를 때마다

안 보고도
전해지는 느낌이
바람 맞은 빗물 되어
그늘에서 서성거릴 때마다

비밀을 간직한 채
바라만 보아도 그냥 좋은
신선한 그대

그대가 내 곁에
머물기 전에
난 이미 그대 마음 안에
머물고 있었어.

첫사랑

장밋빛 향기
애틋한 마음에
자꾸 녹아내리고

하얀 밤 지새운
뜨거운 열정으로
거듭 맹세하지만

세월의 아픔만
깊숙이
가르쳐 주고

홀연히
떠나 버린
순백한 눈꽃송이.

봄꽃

한낮의 꿈처럼
멀미 나던 날

소슬바람 결에
몰래 숨어왔지만

눈길조차
주지 않아

바람 타고
되돌아간다

울지 마라
서러워 마라

우리 인연이면
다시 볼 수
있으리

그대 정원에

피어난

화려한 사랑으로.

조팝나무꽃

그 길목에
송이송이 맺힌
애틋한 마음

시린 가슴에
스치는
연보랏빛 여운

조심스레
다가설수록
화들짝

하얗게
고백을 쏟아 놓는
사랑의 등불.

북한산 칼바위

태고의 신비로움이
칼날처럼
산허리 감아 돌고

오를 때마다
코 닿을 듯 뻗어 있는
기암절벽

밧줄에 몸을 맡겨
생사를 넘나들며

가픈 숨 몰아쉬며
한 걸음 한 걸음
오르다

바위틈새 꽃들의
깜빡 눈웃음에
미소 지어 보네.

초록빛 봄

어쩜 저리
꽃들이
일시에 피었다가

일시에
저버릴 수 있단
말인가

꽃잎 위로
바람이
지나더니

꽃 진
상처 자리에
푸름의 함성

기다리지
않아도
해일처럼 밀려와

헤아릴 수 없이
정 깊은 여운
느끼게 하네.

立春

누군가
손 내밀어 허물어진

마음벽 속
설렘

먼발치에
시나브로 스며들어

오늘따라
자꾸 들썩거린다

훈훈한 바람은
보일 듯 말 듯한데

사랑은 여태 저리
서릿발로 기지개 켜고 있는데.

바람

어디로 가야 하나
갈 길 잃고
하늘만 바라보니

습관처럼
그리움은
너를 향해 달리고

가다가 지친
이 마음
내려놓으면

너의 가슴밭에
비가 되어
다다르겠지.

사랑 · 1

눈이 없어
보이질 않아

알아 주는 이 없어도
지켜 주는 이 없어도

묵묵히
바라보고 싶어

그러다
말하고 싶어

가슴 깊이
자꾸만 커져 가는
그리움 물살

보이지 않아도
만질 수 있다고.

사랑 · 2

미소 한 올로도
그대 마음 담아내는

눈물 한 방울로도
그대 가슴 적시는

이 한몸 기꺼이
그대 위함이라면

내 사는 동안
잔잔한 기쁨 되리.

사랑 · 3

애타는
가슴으로
숨결 느끼고

입안에
맴도는 긴 한숨
토해내고

바람결에
스치는 님
황망히 부여잡고

먼 하늘
바라보며
그리움만 매질하네.

꽃샘추위

아직도 남은 미련
하얗게 분칠하고

다시 찾아와
유혹해

이미 시작된
속울음의 잔치

농염한 매화향에
눈길조차 주지 않은 채

삼월의 대지 위에
설 자리를 찾는다.

잊혀진 계절

뜨겁던 열정도
하얀 눈꽃 낭만도

이제는
낯선 기억일 뿐

마지막 인사조차
표정 없는

사연 잃은
계절의 흔적 앞에

미련의 주렴 사이로
빼꼼히 배웅하는.

중년의 삶

머그잔에 담긴
커피향처럼
향기로운
아침이 행복한

어디쯤 가고 있는
여정의 길에
눈빛으로 맘 읽어 주는
친구 있어 행복한

아름다운 인연
만남을 그리워하며
음악처럼 흐르는
하루가 참 행복한.

이슬

소리 없이 맺히더니
언제 떠나셨나요

따스함이 좋아
훌쩍 가셨나요

그렇게
말없이 가시면
난 어떡하라고

밤늦도록 흘려
방울방울 맺힌
이 한숨 어찌하라고

불타는 열정에 밤을 새우고
덥석 안겨오는
이 허무함 어떡하라고.

새벽 단상

뼈마디 박힌 속앓이
어슴푸레 다가와

외사랑 넘나드는 술래처럼
곁에 머물고 있더니

풀 수 없는 끈 놓지 못해
저리듯 가슴 시려

심연의 향기마저
헤집어 휘저어

소름 끼치도록
고개 떨어뜨려 놓고는

아픔에 잠든 기억 속으로
희미한 그림자처럼 흘러내린다.

사랑아

그대 곁에
머물 수 없어

까맣게 타 오르는
그리움
어이 하나

돌아오지
못할 사람아

떠나버린
그대 이름 부르며

보고픔에
몸부림치면 칠수록
더욱 외롭기만 하구나.

인수봉 철쭉꽃

저리 화려하게
피어 있어도
아쉬움뿐

화들짝
연분홍 축제
반겨 주는 이 없어

꽃잎 지면
보는 이 없어
더욱 서러워

이 서글픔
사랑으로 안아 줄
님은 어디에.

미운 사람

내 가슴
타들어가네

이 악물고
참아 보지만

아픔은 좀처럼
가라앉지 않아

기다려야 할
당신의 사랑마저

함께 하염없이
타들어가네.

들꽃

생각 없이
후 하고 불었는데
날아가 버렸네

쓸쓸히
서 있던
민들레 홀씨

그냥
보기만 할걸

너무나
아름다워
꺾어 버렸네

신비롭고
어여쁜
야생화

그냥

보기만 할걸.

당신과 나

당신은
하늘의 별
나는
지상에 뿌리 내린 풀잎

당신은
나의 인생
나는
당신의 기쁨.